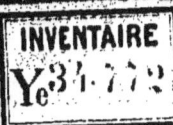

WALHALLA

POÈMES DRAMATIQUES

PAR

P. Ludow VIGÉ

———

II

OTHELLO

(LE MORE DE VENISE)

———

ÉDITION RÉSERVÉE

CHAMBÉRY

IMPRIMERIE BONNE, CONTE-GRAND ET Cⁱᵉ

—

1867

Y

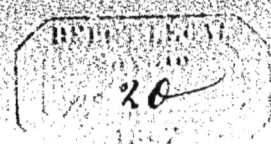

WALHALLA

POÈMES DRAMATIQUES

PAR

P. Ludow VIGÉ

II

OTHELLO
(LE MORE DE VENISE)

—◆—

CHAMBÉRY

IMPRIMERIE BONNE, CONTE-GRAND ET Cie

—

1867

A M. André BARBAN

Gaudes carminibus : carmina possumus
Donare, et pretium dicere muneri.

Horace, livre iv, ode 8.

PRÉFACE

Sous le titre de WALHALLA (1), j'ai commencé, il y a quelque temps, une série de portraits en vers, choisis parmi les héros, historiques ou imaginaires, dont les noms résument les efforts les plus généreux tentés pour l'affranchissement des peuples, les sentiments privés les plus impérieux de l'âme et les effets les plus étranges de la fatalité sur la vie humaine. C'est ainsi que dans ma gale-

(1) *Walhalla, Valhalla* ou *Vaxhalla*. On donnait ce nom, dans la mythologie scandinave, au paradis d'Odin. C'était une sorte de palais céleste où toutes les splendeurs imaginables étaient réunies. L'entrée n'en était permise qu'aux héros morts en combattant. Le maître des dieux, sorte de Jupiter hyperboréen, présidant à la fois aux batailles et à la science universelle, entretenait ses élus dans des luttes continuelles, afin de les tenir toujours prêts à défendre l'entrée du ciel aux *Géants* qui menaceraient de l'escalader.

A chaque aurore nouvelle, les cinq cent quarante portes du Walhalla s'ouvraient devant les guerriers, qui, se dispersant dans l'immensité de l'Empirée revêtus d'armures d'or et d'argent, se livraient à une mêlée qui inondait de sang les plaines de ce singulier Olympe. Puis l'heure des repas arrivant, chacun remontait sur son coursier et la foule, invulnérable, rentrait dans le palais où Odin leur faisait distribuer, par trois déesses nommées *Valkiries*, la chair d'un sanglier merveilleux arrosée de bière et surtout d'hydromel, mélange de miel, d'eau, de vin blanc et d'alcool, dont les peuples du Nord sont encore très friands de nos jours.

En 1843, le roi de Bavière, Louis, fit bâtir, près de Donaustauf, sur le Salvatorberg, une espèce de Panthéon *(Salle des Élus)*, appelé aussi Walhalla, et destiné à recevoir les effigies de tous les grands hommes de l'Allemagne.

rie, — dans mon Walhalla — se trouveront réunis les révolutionnaires fameux, les novateurs et les fatalistes que le génie littéraire et l'histore ont immortalisés, comme : *Wilhem-Tell, Fiesque, Egmont, Mazaniello, Rienzi, Savonarole, Michel Servet, Arteweld, Foscaro, Othello, Roméo, Hamlet, Manfred,* etc.

C'est une œuvre de longue haleine que j'ai entreprise; mais si obstinément caressée dans les rares loisirs que m'ont laissés, depuis tantôt vingt ans, les soins absorbants du journalisme, que j'ose espérer de la conduire à bonne fin, si l'accueil du public continue à m'être favorable.

Dans une première livraison, j'ai résumé l'histoire de *Wilhem-Tell* dont Grasser et Voltaire avaient, après certain curé de Berne, vainement contesté l'existence. Aujourd'hui, j'essaie de peindre la vigoureuse figure, peut-être imaginaire, mais que je crois historique, d'*Othello*.

Voici, aussi succinctement que possible, l'analyse du beau drame dont Shakespeare a puisé l'idée dans les œuvres d'un poëte italien du XVIe siècle, Giraldi-Cintio :

Othello, guerrier maure, général au service de Venise, à l'époque où Catarina Cornaro vendit le royaume de Chypre à la noble République, épousa secrètement Desdémona, fille du sénateur Brabantio. Celui-ci, indigné de la mésalliance, s'adressa au Sénat qui, après les explications fournies par Desdémona elle-même, acquitta le ravisseur, lui donna le commandement d'une expédition contre les Turcs et le titre de gouverneur de Chypre. Parmi les officiers d'Othello se trouvait un certain lieutenant, Yago, nature basse et mauvaise qui, mécontent des préférences dont était l'objet un brillant porte-enseigne, Michel Cassio, résolut de se venger. Sans cesse empressé auprès du général, il arriva,

par les plus odieuses insinuations contre l'honneur de Desdémona, à exaspérer son maître, à lui faire croire même à
de coupables relations entre sa femme et le porte-enseigne.
Dans un moment de fureur jalouse, le nègre étrangla l'é-
pouse innocente, pendant que Yago fesait frapper par un
seïde obscur Rodérigo, Cassio, dont le témoignage pouvait
l'accabler en désillusionnant Othello.

J'ai tenté, dans le monologue qui suit, de rappeler toutes
les scènes de cette émouvante tragédie, en restant, autant
que possible, dans le sentiment dramatique du grand poëte
anglais. Puisse l'empressement des lecteurs me prouver
bientôt que j'ai réussi.

Chambéry, mars 1867.

P. Ludow Vigé.

OTHELLO

(LE MORE DE VENISE)

OTHELLO

MONOLOGUE

—

Brabantio disait : — Des pays barbaresques
Ne nous viennent jamais que des êtres grotesques;
Des hommes contrefaits, nains difformes, géants;
Des monstres tour à tour trop petits ou trop grands.

La nature marâtre, en nos brûlantes plaines,
Ebauche des produits engendrés par centaines.
La malédiction du ciel suit pas à pas
Les descendants de Cham : — Dieu ne pardonne pas.
Vers la rédemption nous n'avons nulle voie.
Le crime originel m'atteint, je suis sa proie,
Othello, monstre noir, à qui Desdémona,
Un soir d'humeur fantasque , en riant, se donna.

Oh ! le cruel caprice !

                              Aveugle en mon ivresse,
Je crus que Dieu, qui donne au tigre une tigresse,
Dieu, qui permit l'amour au meurtrier Caïn,
M'accordait Desdémone à moi, nègre africain !

Où donc est le bourreau pour que ma tête tombe !
Où donc le fossoyeur pour qu'il creuse ma tombe !
Où donc est Dieu ! qu'il juge, et que, m'abandonnant,
Ce qui fut Othello rentre dans son néant.

Que je voudrais mourir ! — A moi, mes camarades !
Des vaisseaux ottomans grondent les caronades.
Aux armes ! Suivez-moi ! Venez ! Vaincre ou mourir !
Mourir ? Comme un soldat, tout d'un coup, sans souffrir ?
Qu'un boulet de hasard dans sa courbe me tue ?
Non, non. Que le remords s'enfle et se perpétue.
Il faut qu'incessamment renaissent dans mon sein
Desdémone étranglée accusant l'assassin
Et Cassio sanglant montrant sa plaie horrible.

Desdémona, poème au dénoûment terrible !

Dieu, m'ayant créé noir, aurait dû sous ma chair
Mettre une âme de bronze, ou de cuivre, ou de fer
Et ne pas allier, dans un mélange infâme,
L'enveloppe d'un monstre et le cœur d'une femme.
Est-ce que les soldats sont faits pour que les fleurs
Aient d'enivrants parfums sous les pas des vainqueurs ?
Est-ce que les lions sont nés pour les colombes ?
Non. Il faut aux soldats comme aux lions, des tombes ;
Il faut des os brisés, du sang, il faut la mort :
Notre droit est égal, c'est le droit du plus fort.

En guerre, donc ! en guerre ! Au désert, dans la plaine,
Cours sus à l'ennemi ; sans regret et sans haine,
Tue. Et, le soir venu, de fatigue rompu,
Dors, les pieds dans le sang, comme un lion repu.

La guerre ?... Il me souvient : C'était pendant l'automne ;
Le vieux Brabantio, près de lui, Desdémone ;
Tous deux penchés vers moi, vers moi, le noir maudit,
De mon passé fameux écoutaient le récit.

Né d'un roi du désert, maître d'une couronne,
Auguste par le sang, tout-puissant par le trône,
Je racontais comment l'inflexible destin

Dans ma pourpre en lambeaux m'endormit orphelin,
Un jour, qu'après le choc de trois grandes batailles,
De mon père vaincu sonnaient les funérailles ;
Comment le dur vainqueur me traita dans les fers ;
Comment, enfant encor, je revis mes déserts,
Libre, et libré par moi ; comment je devins homme ;
Comment grandit ce bras que partout on renomme ;
Comment dans cent combats je fus vainqueur toujours ;
Comment.....
                Mais pour qui donc refais-je ces discours ?
Desdémona n'est plus dont le cœur plein d'alarmes
Suivait en palpitant les hasards de mes armes.

Desdémona n'est plus ! Et moi, suis-je ou bien non ?
Je souffre, donc je suis, homme, monstre ou démon.
Je suis, je le sens bien au feu qui me dévore ;
Creuse, remords ardent, creuse le sein du More.

Morte à vingt ans ! — Un nègre en fureur l'étrangla,
Puis, d'un coup du poignard que voici, l'acheva.

Un nègre ! Pourquoi non ? Ce nègre avait, en somme,
Sous la peau de Satan les appétits d'un homme ;
Ce nègre était jaloux !

                        Où donc s'est-il caché
Le serpent dont le dard à moi s'est attaché ?
Où rampe-t-il ? que j'aille, en sa course honteuse,
Poser mon pied de fer sur sa tête hideuse.

Place au lion vengeur ! Mort au serpent Yago !

Cassio, Desdémone et vous, Brabantio,
Vous, le vieillard blanchi dans les conseils du Doge,
Vous, inscrit le dernier sur mon martyrologe,
Place au lion vengeur ! — Il vous faut à tous trois,
Mes chers morts, le cercueil d'Yago pour contrepoids.

Moi, j'irais te tuer, reptile ? Oh ! non : la terre
Clot tous les souvenirs alors qu'on vous enterre.
Vis serpent, et longtemps, et toujours. Vis, maudit !
Que sur ton front impur ton arrêt soit écrit.
Vis, pour qu'à chaque instant, l'ange de la vengeance
D'un supplice éternel te lise la sentence ;
Souffre et ne meurs jamais !

                                   Le vieux Brabantio
Lisait dans l'avenir, maudissant Othello,
Alors que dans la nuit me glissant, prompt et sombre,
Je lui volais sa fille et m'enfuyais dans l'ombre.
Le vieillard pressentait qu'en sa maison, un jour,
Le malheur entrerait, conduit par mon amour.

Oh ! qui me la rendrait, la vierge de Venise,
Et ses chastes aveux que surprenait la brise
Le soir, sur le balcon de son joyeux palais,
Quand près d'elle penché, moi qui si fort l'aimais,
Tous deux au fond du ciel interrogeant l'étoile,
Du secret de son cœur je soulevais le voile.
Elle est morte. Le ciel la ravit pour toujours.
Oh ! qui me la rendrait la fleur de mes amours !

Lorsque Brabantio voulut me la reprendre, —
— Parce que je suis noir — Je crois toujours l'entendre,
Debout, dans le Sénat, quand, se tournant vers moi,
Elle dit fièrement : — More, je suis à toi !
Et le Doge, inclinant sa tête solennelle ;
Et tous les sénateurs disant : C'est la plus belle !

Et moi, j'aurais donné Mahomet à Satan,
Pour son amour ! J'aurais craché sur l'Alcoran,
Renié Dieu, la gloire... Or, moi je l'ai tuée,
En l'insultant ainsi qu'une prostituée.
Je l'ai tuée, oui, là, froidement, sans trembler ;

Comme un fils du désert qui sait l'art d'étrangler.
Dans mes nerveuses mains, j'ai pris sa gorge pâle
Et j'ai serré... Ha ! ha ! — je ris? non pas : Je râle.

L'hydre avait envahi les replis de mon cœur;
Son souffle m'animait d'une homicide ardeur;
Le démon Jalousie avait, dans chaque veine,
Distillé le poison de son aveugle haine.
Yago — ce nom m'étouffe — Yago me dirigeait ;
Je me suis approché ; Desdémona dormait.
Elle dormait, divine et souriant aux anges,
Et si belle! — Assailli par des doutes étranges
J'hésite, je vais fuir, lorsque la voix d'Yago
De l'enfer jusqu'à moi murmure : Cassio !
Cassio! le plus beau des enfants de Venise,
Blanc et rose, charmant de figure et de mise;
Noble comme le doge et brave, séduisant....
Mes deux poings à ce nom s'élancent en avant;
Yago criait plus fort : Cassio! Le délire
S'empare de mes sens et Desdémone expire.

Sa douce voix priait, demandant grâce. Moi,
Meurtrier par métier, implacable en ma loi,
Je presse mon genou plus fort sur sa poitrine.
Sur ma proie accroupi, hurlant, je l'assassine.
Puis, quand las de frapper, mon bras s'est relevé
Sanglant, j'ai seulement cru que j'avais rêvé.
Je n'ai point vu le corps déjà froid sur la couche
Et me suis retiré, morne, insensé, farouche.

Au bourreau, maintenant! — Que tarde-t-il? Il faut
Un siècle en ce pays pour dresser l'échafaud.
Viens çà, mon compagnon; il est temps que j'achève
Par le glaive, une vie insigne par le glaive.
Le gouverneur de Chypre, Othello le Puissant,
A, comme toi, traîné son manteau dans le sang.

Tous deux couverts de pourpre, on pourra, sur la place,
Nous prendre l'un pour l'autre ou pour frères ; de grâce!
Ne démens pas l'erreur : Qué le More, au tombeau,
Entre comme il vécut, le rival du bourreau.

(Ce monologue a été joué sur le théâtre impérial de Chambéry, le jeudi 7 mars 1867, par M. Besson jeune, premier rôle de la troupe de MM. Roger et Derville.)

A déjà paru :

WILHEM-TELL.

Sous presse :

SAVONAROLE.

Pour paraître successivement :

RIENZI.
MICHEL SERVET.
MASANIELLO.
ARTEWELD.
BENVENUTO CELLINI.
FIESQUE.
MARINO FALIERO.
ROMÉO.
BERNARD PALISSY.
MANFRED.
JEAN HUSS.
CARLE MOOR.
HAMLET.
EGMONT.
FOSCARO, etc.